use your imagination. Be colorful. Laugh out loud. PLAy!

Anything is possible – all you have to do is try!

Be sure to compliment at least one person every day. WHEN yOU DO, WATCH THEM SMILE.

BE OPEN-MINDED.

LOVE WITH yOUR WHOLE HEART.

Collect something.

If you have a special talent, Share it with others. TEACH. Lead.

BE ENTHUSIASTIC.

Smiles warm the heart; they are contagious

Appreciate what you have. Never take anything for granted.

Speak with great clarity. Choose your words carefully.

Develop a "can do" attitude.

THINK POSITIVE THOUGHTS.

가장 소중한 너

글쓴이 **린다 크란츠**Linda Kranz

미국에서 태어난 린다 크란츠는 작은 돌에 물고기 그림을 그리는 화가입니다.
《어린이를 위한 돌 그림책》은 'IRA 어린이들이 선택한 상'을 받기도 했습니다.
어릴 때부터 자주 이사를 다니면서 세상의 다양함과 아름다움을 경험하고 그림을 그리기 시작했습니다.
린다는 작은 돌이 자신에게는 완벽한 캔버스라고 말합니다.

옮긴이 **유나 신**

출판 기획자이자 번역가인 유나 신은 어린이책과 어른책들을 짓고 번역하는 일을 하고 있습니다.
행복한 삶을 위한 지혜와 위로가 담긴 책을 만드는 꿈을 가지고 있습니다. 《뽀뽀는 무슨 색일까?》
《신비한 만남》《여름 가을 겨울 봄 그리고… 다시 여름》《나의 곰 아저씨》 등의 그림책을 우리말로 옮겼습니다.

가장 소중한 너

초판 1쇄 2012년 2월 20일 · 초판 4쇄 2021년 8월 2일 · 지은이 린다 크란츠 · 옮긴이 유나 신 · 펴낸이 최은숙 · 펴낸곳 옐로스톤
출판등록 2008년 3월 19일 제2008-000030호 · 경기도 파주시 회동길 337-15, 404호 · 전화 031) 915-2583 · 전자우편 dyitte@gmail.com

인생에 첫 발을 내딛는 🖤 모든 아들과 딸들에게...

"때가 된 것 같구나."

어느 날 아빠 물고기가 아들 애드리에게 말했다.

"엄마 생각도 그래."

엄마 물고기도 아빠 물고기의 말에 맞장구를 쳤다.

"무슨 때가 되었다는 거죠?"

아들 애드리가 물었다.

아빠 물고기가 부드럽게 속삭였다.

"네게 지혜를 나누어 줄 때가 되었다는 말이다."

세상 밖에 나가서는 늘

새로운 친구를 사귀도록 해.

네가 어디 있든 아름다움 을 발견하고

가슴속에 그 기억을 간직해라.

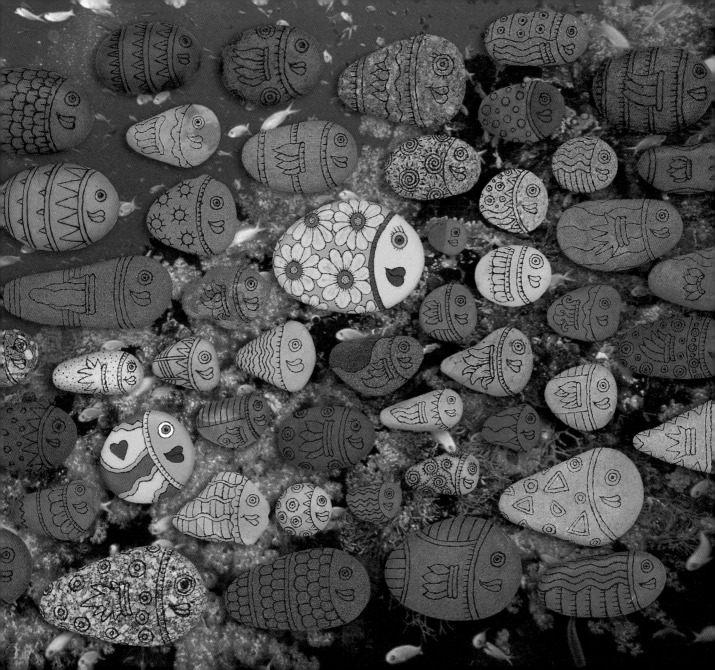

서로 어울려서 함께 지내지만
가끔은 당당하게 너 자신을 드러내.

때로는 자신만의 길을 가야 해.

군중들을 따라다닐 필요는 없단다.

말할 때를 알고

들어야 할 때를

알아야 해.

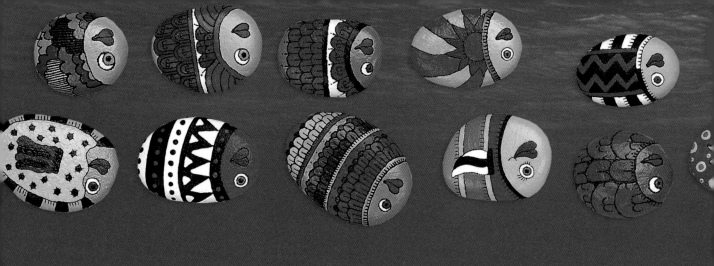

네 안에 무엇이 있든

찾아보면 재미있는 일들이 아주 많단다.

길을 잘못 들어섰을 때는

돌아나오면 돼.

네가 가는 길에 나쁜 유혹이 다가오면

멀리 돌아서 가거라.

날마다

휴식하고
반성하는

혼자만의 시간을
꼭 갖도록 해.

예술을 감상하는 취미를 가지렴.

네 주변의 모든 게 바로 예술품이란다.

그리고 밤하늘의 별들을 바라보며
가슴속에 소망을 품어 보길 바란다.

"잘 들어 줘서 고맙구나, 아들아. 우리는 네가 이 말들을 꼭 간직했으면 좋겠다."

엄마 물고기가 말했다.

"지금 말한 것들을 앞으로 곰곰이 생각해 봐야 할 거야."

아빠 물고기는 눈을 찡긋하며 속삭였다.

애드리는 한 바퀴 공중제비를 돌고 나서 미소를 지었다.

방금 배운 지혜들을 가슴에 품고 세상에 나갈 기대로 잔뜩 부풀어 올랐다.

"얘들아, 기다려. 내가 간다."

애드리는 친구들에게 크게 소리쳤다.

멀리 헤엄쳐 가기 전에

애드리는 부모님에게 돌아와서 말했다.

"꼭 기억할게요."

엄마는 애드리의 이마에 가볍게 입맞춤을 했다.

"이 넓고 큰 세상에서 너는 단 하나뿐인 소중한 존재란다."

"멋진 세상을 만들어 보렴."

Enjoy the simple things in life.

Look for the good in everyone.

FIND BALANCE.

Breathe.

Be good to yourself.

Savor the good times.

Speak your mind—gently.

Share your happiness.

Look for rainbows after a rain shower.

BE SPONTANEOUS

Take care of YOU.

Be kind.

Do something nice for someone. They will remember your kindness.

Choose friends that energize you to feel good about yourself.

Life is a circle; enjoy the journey.

When you feel joy, tell someone.

FIND YOUR PASSION.

you are AMAZING!

When things get hectic, focus on being calm.

Set goals, and go after them.

Once you've accomplished them—set new goals.

DREAM BIG!

Look for opportunities to excel.